Meu Livro Brilhante de
Princesas
com atividades e adesivos

Princesas e pôneis

As princesas estão prontas para cavalgar com seus lindos pôneis. Ligue cada uma a seu par.

Resposta na página 16

Busca no palácio

A princesa Clara está procurando sua caixinha de joias. Ajude-a a encontrar o caminho no labirinto.

Resposta na página 16

Imagem perfeita

A princesa Rosa está se arrumando para o baile.
Finalize o desenho dela e depois pinte com suas cores favoritas

Estampas reais

Cada princesinha tem sua própria bandeira para acenar no desfile real. Você é capaz de ligar as princesas às suas bandeiras?

Resposta na página 16

Hora de dançar

A princesa Sofia e o príncipe Pedro estão se divertindo no baile. Siga os passos de dança e ligue à pista de dança correspondente

Resposta na página 16

Bagunça no quarto

As princesas estão brincando de experimentar roupas.
Conte os itens e escreva a quantidade nos espaços abaixo.

a

b

c

d

Resposta na página 16

Tiaras brilhantes

Ter uma linda tiara é algo importante para uma princesa. Descubra a quais tiaras pertencem os detalhes abaixo.

Resposta na página 16

Tiara e máscara brilhantes

Você vai precisar de elásticos e de um lápis para fazer esses lindos acessórios.

1. Destaque a tiara. Use um lápis para empurrar os buraquinhos dos cantos dela.
2. Peça para um adulto medir um pedaço de elástico do tamanho do seu rosto.
3. Passe o elástico pelos buraquinhos e amarre as pontas.
4. Coloque a tiara na cabeça e tome cuidado para que o elástico não esteja muito apertado.

Para fazer a máscara, repita os passos de 1 a 4.

Use estes adesivos
para fazer os pinos
do jogo da página 10.

Aviso de porta real

Você vai precisar de cola para fazer este aviso de porta.

1. Destaque o aviso de porta e dobre na linha pontilhada.
2. Cole os versos brancos um no outro e prenda o aviso de porta na maçaneta do seu quarto.

Não pertube!

Pode entrar!

Príncipe encantado

A princesa Sofia mal pode esperar para dançar com o príncipe encantado. Com as dicas abaixo, qual dos garotos é o verdadeiro príncipe?

Dicas

1. O príncipe encantado tem dois botões no casaco.
2. Ele não está usando uma capa de bolinhas.
3. Ele está usando uma coroa.
4. Ele não está usando ombreiras.

Resposta na página 16

Corrida das princesas do palácio

As princesas estão disputando uma corrida até a torre mais alta do palácio. Quem chegará lá primeiro?

Como jogar

Encontre os adesivos de princesa na cartela de adesivos e cole-os em moedas para fazer os pinos do jogo. Coloque os pinos na saída do tabuleiro. Em turnos, cada jogadora lança o dado e move seu pino. Se você parar no pé de uma torre, vá até o topo dela. Se você parar no alto de um arco-íris, escorregue até o pé dele. Ao cair em uma casa com instrução, siga as orientações. A primeira a alcançar a chegada vence!

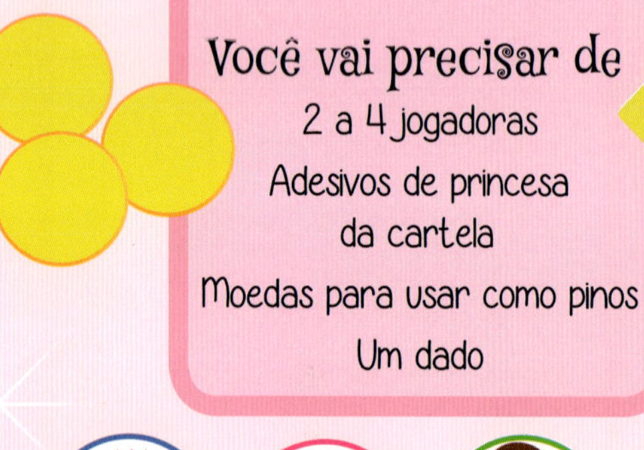

Chegada
26
Você ficou presa na masmorra. Fique uma vez sem jogar.
27
28
21
20
19
18
14
15
16
17
Você perdeu seu sapatinho de cristal. Volte três casas.
9
8
7
6
Sua tiara brilha sob o sol. Jogue de novo.
2
3
4
Você foi salva por um valente cavaleiro. Avance três casas.
5

Prova real

A princesa está experimentando um vestido novo. Crie uma estampa bonita para ele e depois use suas cores favoritas para pintar tudo.

Hora de brincar

As princesinhas adoram brincar nos jardins do palácio.
Aponte as cinco diferenças entre as cenas abaixo.

Resposta na página 16

Grande baile

A princesa Julia convidou os amigos para seu baile de aniversário. Quantos itens da página ao lado você é capaz de encontrar na cena abaixo?

Há

princesas na cena.

Resposta na página 16

Respostas

Uma princesa está carregando esta linda bolsa.
Você consegue descobrir em que página ela está?

Página 2 – Princesas e pôneis
a-e, b-g, c-k, d-l, f-h, i-j

Página 3 – Busca no palácio

Página 5 – Estampas reais
a-4, b-5, c-1, d-6, e-3, f-2

Página 6 – Hora de dançar
A pista de dança B é a correta.

Página 7 – Bagunça no quarto
a-9, b-2, c-3, d-5

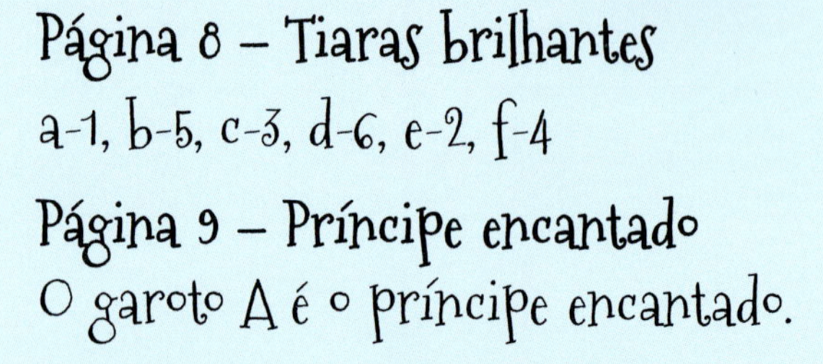

Página 8 – Tiaras brilhantes
a-1, b-5, c-3, d-6, e-2, f-4

Página 9 – Príncipe encantado
O garoto A é o príncipe encantado.

Página 13 – Hora de brincar

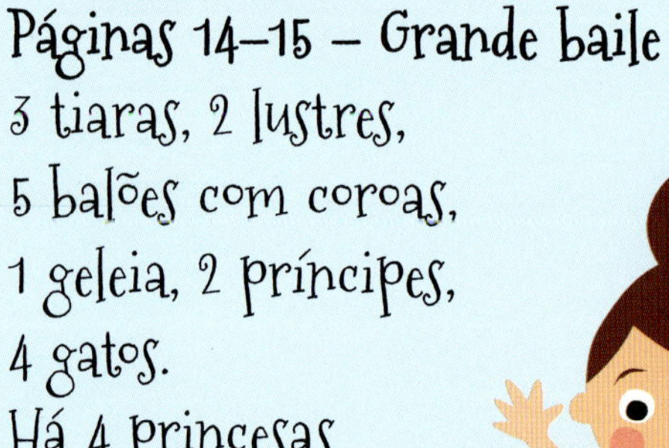

Páginas 14–15 – Grande baile
3 tiaras, 2 lustres,
5 balões com coroas,
1 geleia, 2 príncipes,
4 gatos.
Há 4 princesas
na cena.

Resposta na página 16